U0001414

感謝芙拉維、哈發艾爾和達瑞斯，你們為芙洛、里亞德和路易三個人物，賦予了靈感與幽默感。

感謝瑪戈，跟我分享你那次吃蛋糕，感到無比幸福以致有一點點感傷的心情。

尤其感謝伊波利特，你自出生以來所展現的，對生命的喜悅、好奇心，和對音樂的熱愛，造就了這個小蘑菇頭的誕生。

——F.B.

感謝佛瑞德和芬妮，兩位是我們「火燄三重奏」必不可少的成員。

——I.A.

搖滾吧！松露

文／**芬妮‧布莉特**
Fanny Britt

圖／**伊莎貝爾‧阿瑟諾**
Isabelle Arsenault

譯／**藍劍虹**

松露

搖滾巨星

松露熱愛音樂。

我還是小寶寶的時候，總是哭個不停。每當爸媽在廚房大聲播放威爾第 * 的歌劇時，我就會安靜下來。

*Giuseppe Verdi（1813~1901），義大利作曲家，以歌劇知名於世。

生日時，松露想要一件經典搖滾皮夾克當做生日禮物。

像貓王*
那件一樣，
像瓊·傑特*
那件一樣。

上面可以縫滿胸章，
再別上爸爸收藏的那
些最漂亮的徽章。

*Elvis Presley（1935~1977），美國搖滾樂歌手，有「搖滾之王」稱號。
*Joan Jett（1958~），美國搖滾樂吉他手、主唱。

當他拆開生日禮物時，

他落淚了。

他發誓這輩子每一天都要穿著這件夾克，
哪怕有一天它會變得太小也不管。

只缺個樂團，
你就是一個真的
搖滾歌手了。

真的搖滾
歌手？我？

如果你會演奏
樂器的話，
那就更好了。

喔，你在
諷刺我嗎？

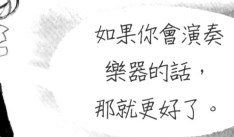

松露的哥哥路易上了高中後，
就開始玩即興創作、打籃球，成天諷刺人。

諷刺，羞辱性的嘲笑。

如果你想的話，
我可以用吉他
秀幾段和弦
給你聽。

我超愛
我哥的。

他什麼都懂，
就連沒有人知道的
祕密他都曉得。

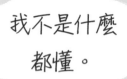

我不是什麼
都懂。

幾乎啦。

才沒有，
松露。

上次就是
你把爸爸家的
咖啡機修好的。

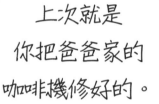

它只是沒有插
上插頭而已。

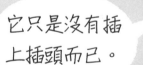

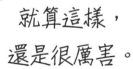

就算這樣，
還是很厲害。

松露和爸爸在很多地方都很像，比如時常迷糊粗心。

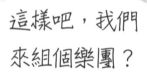

這樣吧，我們
來組個樂團？

芙洛是松露最好的朋友，他們倆打出生時就認識了。

而且我們直到
死了都會是朋友！

我們會一起
變成殭屍！

一起四處去
墓園搗亂！

對呀！
去當鬼！

我們會去
吃掉恐怖羅匈
女士的腦！

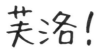

芙洛！

怎樣？殭屍都得吃人腦
才能存活下去啊，
那個世界上最爛的
小提琴老師的腦也照吃。

芙洛眞是個叛逆的女孩。

松露想，如果由她來當鼓手，一定會超棒的。

里亞德是松露另一位最好的朋友。

他可能是全世界最善良的人了。

里亞德和芙洛是
我最好的朋友。

我們將一起組成
有史以來最偉大的搖滾樂
團，我把它命名為……

我把它命名為……

松露已經看見那盛大的場面。

感謝你們，
現場的觀眾朋友！

那會是多美好的生活。

好，接下來，他們得找天開始認真練習，不過……

那只是小事。

就眼下來說……

松露還陶醉在
夢想中。

松露

愛上妮娜

當松露愛上妮娜時，那感覺像是吞了一管炸藥。

我感覺它在這裡，
因為心跳得很快。

或在這裡，因為
我的腿都軟軟的。

也在這裡，因為
我聽到很強的音樂，
在我的腦袋裡。

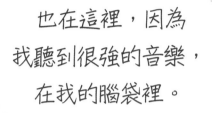

那是搖滾樂。

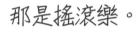

我超愛搖滾。

妮娜和我媽最喜愛的
女歌手名字一樣,
現在她也是我最愛的歌手。
我哥在電腦上給我看過她的
照片,她鋼琴彈得好棒喔。

松露也會彈鋼琴，不過只會用一根手指頭來彈。

就是這一根！

自從他向妮娜提出請求，想跟她「談戀愛」之後，
松露就變得很害羞，不知道該和她說些什麼。

平時，松露總是有很多話可說。

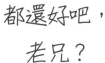

都還好吧，
老兄？

就在那時，奧齊·奧斯本*咬了
那隻蝙蝠，因為他以為那是假的！

*Ozzy Osbourne（1948~），英國搖滾重金屬歌手，被稱為「重金屬教父」。1982年
在美國愛荷華州表演時，他誤將觀眾丟上臺的蝙蝠當成假蝙蝠，而咬下蝙蝠的頭。

爸爸建議他：要懂得讓你的心開口說話。

可是，我只知道
怎麼用嘴巴來說話啊！

松露去問哥哥怎樣讓「心」開口說話，
因為路易幾乎什麼事都知道。

說完，路易就把門關上了。
因為上了高中以後，作業很多。

爸爸跟他說，要讓心開口說話，
這是一種表達，一種說話方式。

我清楚什麼是
「一種說話方式」，
可是，是哪一種呢？

芙洛說，我們可以在書上找到
幾乎所有事情的答案，除了數學作業。
松露熱愛搖滾樂，他也喜歡讀書。

於是他去圖書館，詢問櫃檯的先生
是否有關於說話方式的書。

櫃檯的先生是位聰明人。

這一本！

「滾石不生苔。」

松露！你到底要不要玩啊？

里亞德，我跟你發誓，我喜歡妮娜更甚於披頭四*。

喔，這麼說，你是認真的囉。

是啊。但如果我無法讓我的心開口說話，那妮娜可能就不會愛我了。

這可嚴重了，你應該去找醫生。上次他們在醫院，把我爺爺的心打開了。所以他們肯定也可以把你的心打開，這樣，我們就可以聽到你的心要說的話了。

也許吧。

*The Beatles，成立於1960年的英國搖滾樂團，被認為是史上最偉大、最有影響力的搖滾樂團之一。

松露的媽媽總是擔心生病、意外和所有大小事。

你是怎麼了？

我想要和妮娜談戀愛，但是
我不知道要跟她說什麼話。爸爸
說要讓心開口說話，這是一種表達，
一種說話的方式。而里亞德爺爺的心被
醫生打開過，但是媽媽說，除非她被車
輾過才有可能讓他們打開我的心。
我一點也不想要媽媽被車輾過啊！

隔天，松露繫上他的幸運吊帶，別上芙洛的蝴蝶結，
並穿上他那件縫有披薩臂章的皮夾克。
他要打扮得帥帥的去和妮娜說話。

妮娜，我想跟你說，我的心愛
著你。我的心是能自己開口說話，但
是我不希望我媽媽被車子輾過，所以我用嘴
巴來向你表達心意。我愛你，因為你寫字的時
候，是那麼的專注，還有因為你懂得欣賞
植物，加上你爸爸是花匠。

好啊，我也是。我愛你，因為你認識和我有一樣名字的歌手妮娜‧西蒙*，也因為你的披薩臂章，老是讓我感到肚子餓。

*Nina Simone（1933~2003），美國歌手、作曲家、鋼琴家，也是黑人人權運動者。

路易，有時
當我們感到如此
幸福的時候，會覺得有
一點點想哭。你懂這種
感覺嗎？

嘿，這有押韻呢！
「如此幸福」，
「一點點想哭」。

就這樣，松露寫下了他們超夢幻樂團「食肉植物」的第一首歌，它結合了獨立搖滾、前衛搖滾，也略帶一點重金屬音樂，儘管芙洛、里亞德和松露，都沒有真的學會任何一種樂器。

那首歌的歌名叫做：〈如此幸福〉。

松露

面對生命

今天，松露沒有要媽媽在開車時放音樂。

平常他總是要聽歌。

平常總是這樣，
但是今天不一樣。

*Whole lotta love，被譽為「重金屬鼻祖」的英國搖滾樂團
　齊柏林飛船（Led Zeppelin）於1969年發行的歌曲。
*Le Temps de L'amour，法國知名創作女歌手馮絲華・哈蒂
　（Francoise Hardy，1944~）於1962年發行的名曲。
*Pour some sugar on me，威豹樂團（Def Leppard）於1987
　年發行的名曲。
*威豹樂團，成立於1977年，英國重金屬新浪潮代表樂團
　之一。鼓手瑞克・艾倫（Rick Allen）於一次車禍中失去左
　臂，後以單手擊鼓，成為搖滾樂史著名的獨臂鼓手。

不是他不想聽音樂。

我隨時隨地
都想聽音樂！

但是，松露覺得在今天聽音樂，
對希比爾太奶奶有點不禮貌。

太奶奶是丹尼爾爺爺的媽媽，
而丹尼爾爺爺是松露爸爸的爸爸。

五天前，太奶奶去世了。

她活了
九十九歲。

幾乎是一百歲了。

松露並不常見到這位太奶奶。
因為她住得很遠，而且她身體狀況不太好。

這是松露第一次到殯儀館。

愛倫，見到
你真好。

松露的爸媽已經分手了，但每次他們見面時，
卻總像這樣黏在一起好久，所以松露心想，
也許很快他們就會復合了。

他們
不會復合的，
松露。

所以，
太奶奶是爺爺
的媽媽囉？

對，爺爺是她的
第一個孩子。

那爺爺以前
是有頭髮的嗎？

現在不是說笑的
時候，松露。

路易說現在不是說笑的時候⋯⋯

……那為什麼那些太太們都在笑呢？

我可以
摸摸小狗嗎？

可以啊。

牠很喜歡人家
摸牠的下巴。

牠叫什麼名字？

芭布卡！

牠好像需要
下來走走。

松露喜歡狗。

喜歡那些皮皺皺的狗。

喜歡那些口水會滴到地毯的狗。

還有那些會舔人家耳朵的狗。

有次，他差點就擁有一隻自己的小狗了。
那是隻紅棕色的狗。

他想像著和火箭一起玩各種有趣的遊戲。
（他把小狗取名叫「火箭」。）

但是過了一個週末之後，
媽媽覺得要同時照顧一隻小狗、打理家務和工作，
實在忙不過來。

也許等你們
大一點再說吧。

松露很不喜歡讓媽媽難過，但是，如果像電影裡那樣，
給他喝下「誠實藥水」，他會承認當媽媽說不能養狗時，
他有一點點不高興。

你要來
玩嗎？

你們要
玩什麼？

玩猜猜
我是誰。

那我可以摸仿
齊柏林飛船樂團嗎？

松露，你不
能講出你要
摸仿誰啊！

蘇諾祐是松露在同輩親戚中，最喜歡的一個。
每個星期六，她會去學日語，因為她有親戚住在日本，
而蘇諾祐每年夏天都會去日本。
她希望日本親戚能聽得懂她講的笑話。

你知道希比爾
太奶奶也曾經
是小孩嗎？

是啊，而且她小時候
被迫用右手寫字，儘管她是
個左撇子。如果她不聽話，
修女就會敲她的手指頭。

所以，有一天
我們也會變老。

我想是這樣沒錯。

因此，我們也會……

……死掉。

為什麼路易的鬍子
會長到耳朵旁？

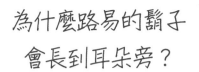

那叫落腮鬍。不過可別跟他
提這個，不然他的臉會變得
超紅的，然後躲到浴室去。

一個大哥哥了還
這樣，真奇怪。

*Prince（1958~2016），美國音樂
　家、歌手，美國流行樂代表人物
　之一。
*Janis Joplin（1943~1970），美國
　傳奇搖滾女歌手。
*John Lennon（1940~1980），英國
　歌手，披頭四的創團團員。

簡單。首先，我要和我們
食肉植物樂團辦一場盛大的演
唱會，演唱所有廣受歡迎的歌，比
如〈如此幸福〉，和其他我們
之後會寫出來的歌。

很好。

然後，我要帶著我的
三隻狗去公園散步。

太棒了。

接著，我要和妮娜一起蓋
一座冰雕旅館，並邀請你和
爸爸一起來住，就像情人那樣，
然後把門鎖上。就這樣。

搖滾吧！松露 TRUFFE

文｜芬妮・布莉特 Fanny Britt
圖｜伊莎貝爾・阿瑟諾 Isabelle Arsenault
譯｜藍劍虹

字畝文化創意有限公司

社　　　長｜馮季眉
責任編輯｜戴鈺娟
編　　　輯｜陳心方、巫佳蓮
美術設計｜文皇工作室

讀書共和國出版集團

社長｜郭重興　發行人兼出版總監｜曾大福
業務平臺總經理｜李雪麗　業務平臺副總經理｜李復民
實體通路協理｜林詩富　網路暨海外通路協理｜張鑫峰　特販通路協理｜陳綺瑩
印務協理｜江域平　印務主任｜李孟儒

出　　　版｜字畝文化創意有限公司
發　　　行｜遠足文化事業股份有限公司
地　　　址｜231 新北市新店區民權路108-2號9樓
電　　　話｜(02)2218-1417
傳　　　真｜(02)8667-1065
電子信箱｜service@bookrep.com.tw
網　　　址｜www.bookrep.com.tw

法律顧問｜華洋法律事務所　蘇文生律師
印　　　製｜通南彩色印刷有限公司

2022年5月　初版一刷
定價｜400元　書號｜XBGN0003　ISBN｜978-626-7069-55-4

國家圖書館出版品預行編目（CIP）資料

搖滾吧!松露/芬妮.布莉特(Fanny Britt)文；
　伊莎貝爾.阿瑟諾(Isabelle Arsenault)圖；
　藍劍虹譯. -- 新北市 :字畝文化出版 :
遠足文化事業股份有限公司發行, 2022.05
120面 ; 18.4×18.4公分

譯自 : Truffe

ISBN978-626-7069-55-4（精裝）

885.3596　　　　　　　　111002772